紅色の陽
Малинове сонце

キーウ俳句クラブ・ウクライナ戦争中の俳句

ガリーナ・シェフツォバ　編訳
Укладач　Галина Шевцова

JN106807

зміст　目次

表紙絵　オクサナ・チョビチコ Оксана Чобітько

Вступ　まえがき

キエフ俳句クラブは、昨秋に10周年を迎えました。イゴール・シコルシキー・ウクライナ国立工科大学のウクライナ日本センターで月に一度ほど集まっています。

戦争は私たちの運命を大きく変えました。会員はさまざまな国に散らばりました。敵に囲まれた地に辿り着き命を危険にさらしながら脱出しなければならなかった人もいれば、まだ占領下にいる人もいます。そんな極限状態でも俳句を詠み続けています。

本書に掲載したのは戦争についての俳句です。

戦時中に俳句を読むのはものすごく難しいのが現実です。俳句を詠むには感情が昂りすぎてはいけないと考えられているからです。

しかしながら、人間はいかなることにも順応する性質を持っており、たとえハリケーンの最中でも詩的なビジョンを失うことはありません。

書名は、ウクライナ軍の軍旗にちなみ「紅色の陽」としました。

戦争は多くの個人的な物語で構成されています。メンバーの何人かは戦争によって身体的にも精神的にも悪夢のような試練にさらされました。

本書を準備する際、私は各作者の個人的な戦争体験を重視しました。ウクライナ人が詠んだ俳句によって、日本人はウクライナでの悲惨かつ英雄的、叙事詩的な出来事の中に自分自身を見出し、かけがえのない人生をイキイキと視覚的に把握することができるようになるのではないでしょうか。

結局のところ、俳句というジャンルの並外れた特性の一つは、印象的および感情の直接的な伝達が可能ということです。

「ウクライナは必ず勝つ！」というウクライナ人の強い思いも本書で伝わることと思います。

ガリーナ・シェフツォバ

Галина Шевцова

Анастасія Кубко　アナスタシア・クブコ

作者は、ずっとキーウにいて、ミサイルの攻撃、戦線が近づき、大好きな母国が敵に囲まれることを怒る。たくさん人が殺される哀しさ、停電生活の難しさと笑い、戦争中の人の心と自然のわびさび、ウクライナが必ず勝つと信じながら句を作る。

Дими на півнеба
Ледь червоні
Кінчики гілок в'яза

煙満ち
楡（にれ）の
枝先ほの赤く

Пусті дитсадки
В якихось інших краях
Кінці веселки

空き幼稚園
他郷にある
虹の果て

ウクライナの子どもたちは、虹の端を見つけたら、最も切実な願いが叶うと信じている。

Розстріляне небо
Падають вниз
Уламки феєрверків

天に撃ち
花火の破片
降り掛かる

Бушідо на російській
Між сторінок
Засохлий тарган

ロシア語の「武士道」
頁の間に
枯れたゴキブリ

Буча　ブチャ

Чотири тижні
Долоні мертвих
Відкриті до неба

4週間
死者の手のひら
天に開く

「ブチャの虐殺」についての句。2022年3月にキーウ近郊のブチャとその周辺区域でロシア軍が約一ヵ月占領したとき、ロシア軍が約410人の市民を虐殺した。

дорога на Бучу　ブチャへの道

Ледь горіле повітря
Стигне
Наїжачений ліс

かろうじて焼けた空気
冷めた
チェコの針鼠の森

Вибухи
Телефонні резонанси
Пустого дома

爆発
空き家に
電話の共鳴

Останні залпи
Час війни -
Цвітіння гіацинта

戦争の
最後の斉射
ヒヤシンス

ウクライナの自走砲にはよく花の名前が付けられる。

Лінійка блокпостів
Передгрозова
Яскравість неба

チェックポイントの列
雷雨の前の
空の明るさ

Дощі весняні
Блокпосту
Піщаний слід

春雨や
流るる砂に
関所あと

Нові вітри
Свіжий зелений
Армійський чай

若い風
新鮮な
軍人の茶

Громи весняні
Все далі і далі
Лінія фронту

春の雷や
遠くになる
戦線

Воєнний травень
Ледь чутний голос
Старих афіш

戦争の５月
古いポスターの
やっと聞こえるほどの声

Малинові корогви
Над Азовом знов
Козацьке сонце

洋紅の旗
コサックの太陽が
またアゾフに

アゾフ海、マリウポリの地方という意味。ここは昔のウクライナ・コサック城の地方。
昔の時代、軍人コサックの旗は洋紅だった。

Довга затримка
Падає грім
На Донбас

長い遅延
ドンバスに
雷が落ちる

Артилерійській подих
Відлунює жаром
Степ

砲手の息
熱で響く
草原

Південні шляхи
Пустий синій
Цвіт цикорію

南方の道
菊苦菜の
空の青さ

Мовчання собак
Ранкові дими
Низькі

犬の沈黙
朝の煙が
低い

українцям в еміграції 移民したウクライナ人に

Далекі перони
Линуть до вітру
Кульбабки

遠いプラットホーム
タンポポが
風に吹かれて

Чорні
Кому тепер
Мелітопольські черешні

黒い
今誰に
メリトポリのチェリー

ウクライナの南部にあるロシア占領下の都市メリトポリ市は、非常に甘い黒っぽくて濃い赤色のチェリーで有名。

Небес сягає
Комашиний хор
У церкві

天に当たる
教会の中に
虫のコーラス

Зворотні вогні
Зранку тане
Інша половинка луни

送り火
朝に消える
月の裏

Чужі могили
Витончується
Крізь листя світло

他人の墓
薄くなる
木漏れ日

Тіні солдатів
На даху капоніра
Осінні трави

兵士の影
櫓の屋根に
秋の草

Посохлі трави
На блокпостах
Хазяйство мишей

枯れ草
チェックポイントに
ネズミの家

Виходять з підвалів
Перший космос
Розкрився

地下室から出てきた
最初のコスモスが
開いた

この俳句では、2つの意味がある。コスモス（花）が開く（咲く）とコスモス（宇宙観）が開く（開ける）ということ。1番目の意味は簡単で分りやすい。2番目の意味は、人が狭い地下壕から出て、やっと広い世界を見て、精神的解放を得ること。あるいはミサイルで殺された人が天に上がるというニュアンスも込められている。

Колючий дріт
Довго тримається терпкість
Дикого винограду

有刺鉄線
長く続く
山ぶどうの渋み

Холодна осінь
Неймовірно довгі
Поїзди з хлібом

秋寒さ
ありえなくて長い
小麦の列車

про київські блекаути　キーウの停電について

Тьма Вавилонська
Виводить до кухні
Хазяйку кіт

エジプトの暗さ
台所へ導く
猫

出エジプト記（聖書）

Провалля
Торішній, позаторішній, позавоєнний
Листв'яний слід

黒い谷間
昨年、一昨年、戦前の
朴落葉

Низьке сонце
Остання іржа
Чорна

落日や
最後の
錆の黒さ

Катерина Бистрова　カテリーナ・ビストロワ

作者は、ロシア軍に囲まれたマリウポリから逃げた。毎日のミサイルから寒くて暗い地下防空壕に隠れ、食べ物も水もない状態だった。４月の始め、６ヵ月の娘と猫を連れながら、主人と一緒に20キロぐらいの道のりをミサイル攻撃に遭いながら歩いた。今は無事で、チェコにいる。けれども、マリウポリにいるお祖母さんの家にミサイルが落ちて、お祖母さんが死亡した。

Дым костра Прежде мужа Входит война	たき火の煙 夫の前に 戦争が忍び寄る
Дым пожаров Снежные тучи Смешалось	火事の煙 雪雲と 混同した
Вёдра талой воды Громко бьётся Металл о металл	雪解け水の入ったバケツ 金属どうしが きんきん当たる

ночная бомбардировка с самолета
飛行機からの夜中の爆撃について

Гаснут звёзды Под крылом самолёта Земной огонь	消えた星 飛行機の翼に 地上の火
Вкус подвала Корочка Каталонского сыра	地下の味 カタロニアチーズ クラスト
Крик стрижа Над обломками Принесёт ли ветер?	瓦礫の上に アマツバメの叫び 風が届けてくれるか？
Обломки С земли грустно взирает Николай Чудотворец	瓦礫より 聖ニコライの 目の寂し
Последние зимние ветры Колышет полосатую шторку В разбитом окне	最後の冬風 割れた窓に 縞模様のカーテンが揺れる

Сквозь ворота
Разрушенных крыш
Входит солнце

崩れた屋根の
門を通す
日が出(いづ)る

Яркий луч
В обломках шифера
Пробились крокусы

明るい光線
瓦礫に
クロッカスの出

бабушке お祖母ちゃんに

Груда досок
Под седым локоном
Распускается первоцвет

板の山
グレーの巻毛の下に
サクラソウの花

Кирпичики куличей
Соленые слёзы
Степи

レンガ形のイースターケーキ
草原の
塩の涙

マリウポリのボランティアは近くにあるパン屋でレンガ形のイースターケーキを焼きました

выход из Мариуполя マリウポリから歩いて逃げるとき

Потрескавшаяся земля
Одиноко бредут
Бледные ноги

割れた地面
さみしく彷徨い歩く
血の気のない脚

Держись корней
Шепчут
Сосны над водопадом

根につかまって！
滝の上にある松が
ささやく

Пропахли сосной
Обнимавшие корни
Пальцы

根を抱いた
指は
松の匂い

в Чехии チェコについたとき

Лебедь и Дракон
Под новыми звёздами
Детские сны

白鳥と龍
新しい星座の下で
子どもの夢

Галина Шевцова　ガリーナ・シェフツォバ

作者は３月の始め、友人とともに軽乗用車で首都キーウから西部に避難した。ロシア軍はキーウに迫り、道ゆく者に見境なく発砲した。「奥の細道」ならぬ地元の「裏道」を熟知していたので、危険を切り抜けた。リヴィウ市の知り合いのアパートで２ヵ月ほど過ごし、ロシア軍が首都攻略をあきらめた５月初めにキーウに戻った。帰り道で、焼け焦げたロシア軍の戦車などの戦火の跡を見た。６月から研究のため日本に滞在し、戦争を俳句に詠んでいる。

Спалах
Із чорного в чорне
Падає сніг

閃光や
闇から闇へ
雪が降る

Неоране
Чорними птахами вкрите
Поле

耕されていない
黒い鳥で覆われた
草原

Воєнне небо
Червоні обриси
Крон

戦争の空
少し赤くなった
樹冠

втеча з оточеного ворогом Києва
キーウから森の小道で逃げるとき

Лісу чуття
Не кидають своїх
Манівці

森の記憶
ウチの者を裏切らない
奥の細道

8 березня　３月８日（女性の日）

Блокпости
Простягає мімозу
Чоловіча рука

検問所
ミモザを差し出す
男性の手

Розвиднилось
На узбіччі
Діти з термосом кави

夜が明け
道の脇に
コーヒーの水筒を持つ子どもたち

キーウからリヴィウに向かい安全な地方に入ったとき、地元の村人と村の子どもたちは、東ウクライナから車で移動する避難者のため、道の横にコーヒー、紅茶、食べ物などを用意した。それは避難者の心を温めてくれた。

Броньовані люки
Крутиться на всі боки
Троянда вітрів

装甲のハッチ
あらゆる方向に
くるくる回す 風配図

Львів　リヴィウ

Квітень
Далекі від моря
Кораблі на фасадах

卯月
海から遠い
ファサードの船

Тримає облогу
Давня фортеця
Лежале листя

包囲を耐える
古の要塞
古の落ち葉

Постали фортеці
Вітер
У листі дубу

要塞が立ち上がり
風は
オークの葉っぱに

オークはコサックの武力を意味する。

Спалена з листям
Нові бруньки
Дерев'яної церкви

葉っぱと燃やされた
木造教会の
新しい芽

Блокпостами
Стоять поодинці
Бузьки

検問所
孤独に立つ
コウノトリ

ウクライナでは、コウノトリが道路上の電柱に巣を作ることが多く、そこに何時間も歩哨のようにじっと立つ。この春、すべての道路にも本物の軍人の検問所があった。

Понтонні мости
Застрягає на стиках
Час

舟橋
ジャンクションに引っかかる
時間

キーウの近くマカリウ村では接近戦があって、結果として橋を爆発された。その代わりに簡単な舟橋を造った。それを車で渡ると、普通より時間がかかるが、風情がある。

Вбиті дракони
Підпалений видих
Околиць

殺されたドラゴン
近所の
焦げた呼気

Чорна кераміка
Спечена
Рідна земля

黒陶芸
固くまで焼けた
母国の土

Збезлюднене місто
Залізний
Присмак кави

無人の町
コーヒーの
金属の味

Син в обороні
Вмить постарів
Сусід

防衛軍にいる息子
すぐに老いた
近所の人

Вібрація
Під рейками
Пацючі нори

振動
レイルの下に
クマネズミの巣穴

戦争中、「鉄道パルチザン」の表現が出た。これらはロシアの軍事装備、砲弾、燃料の供給を防ぐために、占領地の鉄道線路を爆破する人気のあるレジスタンスの人々だ。

Прощавай!
Обійнялись над шляхом
Лелеки

さよなら！
道の真上で抱き合う
コウノトリ

І ви, поснулі у полях
Без імені
Джідзо

あなたもか
草原で眠る
名もなき地蔵

Поминальні свята
З одного боку стерті
Сходи до храму

彼岸迎えて
片面削れて
寺への階段

Не загоїлось
Ходять над морем
Вулканічні вітри

治らずに
海原に吹く
火山の風

Поле без краю
Цьогоріч особливо червоний
Променистий лікоріс

無間の原
今年は特に赤い
彼岸花

Гінко у небі
Вбачається всюди
Жовто-блакитне

空に銀杏
どこでも見える
黄色とブルー

ウクライナの旗の色という

Вісті з-за моря
Солоні щоки
Джідзо

海外からのニュース
地蔵の
塩頬

Наталія Медведєва　ナタリヤ・メドヴェジェワ

　３月初旬、作者は猫２匹と一緒にキーウを離れたが、５月に戻ってきた。夏は、キーウの周辺にある田舎の家で過ごした。作者の句は、戦争の近くにある都市とその周辺の田舎、戦争で変わった自然と動物の生活を観察したもの。

Березневі сирени
Напружені
Тіні котів

弥生にミサイルのアラーム
緊張した
猫の影

Замасковане світло
По хвилині
Наближається ранок

隠された光
一分ずつ
近づく朝

Чорні сліди
Притрусило
Останній сніг

黒い足跡
最後の雪に
灰降し

Чорно за обрієм
Улітають з півдня
Птахи

地平線の向こうの黒さ
南から飛び出す
鳥の群

Весняне рівнодення
Палають
Безсонні очі

春分や
めらめらと赫き
不眠の眼

戦争になってから、みんなはパソコンや携帯でニュースを見ていてばかり。夜も昼も寝られない。

Оране поле
Застрягли намертво
Жупели

耕した畑
しっかり立った
鬼かかし

ロシア軍がキーウから撤退したとき、彼らの焼けた戦車がたくさん残った。この戦車は草原や畑の濡れた黒い地面に突き刺さったかかしのようだ。

Гострим клином
Прямують на південь
Сріблясті крила

鋭いくさびで
南に向かっている
銀の翼

Гарячий світанок
Прямують на схід
Вертикалі хвостів

暑い日の出
東に向かう
煙の尾

Запеклі дні
На гіллі
Сп'яніла вишня

灼熱の日々
枝ままに
酔ったチェリー

Серпневе смеркання
Гуде над рікою
Міст

８月の闇夜
川の上に
橋響き

橋が響く理由は、ウクライナの軍車が前線にむかって橋を渡るためである。

Без зупинок
Отруйні гриби
На узбіччях

とめどなく
路肩に生える
毒キノコ

ロシア軍はキーウ近くの道端に多くの地雷を残したので、車を止めたり道路から離れたりするのは非常に危険だった。

Укриття для Богдана
Поповзла по щиту
Виноградна лоза

ボフダンのシェルター
盾の上を這った
ぶどうの木

キーウでは、ボフダン・フメリニツキーの記念碑が合板の盾で守られていたが、夏になるとすでにブドウがそれらを覆い始めていた。ブドウの木はウクライナでお守りの意味もある。

Ярмарок в Києві
Найдорожчі плямисті
Херсонські помідори

キーウのフェア
最も値段が高い
斑点のあるヘルソントマト

ヘルソンは甘い濃い色のトマトで有名。今年の夏、ロシア軍に占領され、そのトマトはとても手に入りにくくなった。

щодо ядерної небезпеки　核爆発の脅威

Північний вітер
Прилипло до вікна
Листя кольору йоду

北風が
窓にくっついた
ヨウ素色の葉

після ракетної атаки на Київ　キーウのミサイル攻撃のあとで

Парк Шевченко
Притрушені листям
Кияни

シェフチェンコ公園
葉にあばれた
キーウ人

Каштан понад вирвою 砲弾の穴の上のトチノキ
Оголені 裸の
Гілки і корені 枝と根

Удари вітру 風の攻撃
Жорсткішає 厳しくなる
Погляд кота 猫の視線

Бенксі у Ірпені イルピンに表れたバンクシーのグラフィティ

Розбомблений дім 爆破された家
Чорно-біле 黒と白の
Танцює дівчатко 女の子が踊る

2022年11月の初め、有名なストリートアーティストのバンクシーが秘密裏にウクライナを訪れ、キーウと防衛中に被害を受けた郊外に壁画７点を残した。

Гостомель ホストメリ

Нові дахи 新しい屋根
Накриває сніг 焼けた町を
Опалене місто 覆った雪

Майя Студзинська　マイヤ・ストゥジンスキ

作者はキーウ出身。作者の家は市の北部にあり、2月と3月にロシア軍が進出した場所。この地域は特に激しい爆撃を受けた。作者の趣味はバードウォッチング（野鳥観察）。ロシアの軍隊がキーウから追い出されたとき、作者はキーウ周辺の森を歩き、鳥や自然の戦争被害を研究した。途中で、激しい戦いが終わった村や小町の景色や人間の悲しみをたくさん見た。

Заклало вуха
Від раптової тиші
Кров'яніють сніги

突然の静寂
耳づまり
雪は血色なり

Важкі вітри
Південного сходу
Ховаю очі від неба

南東の
重い風
空から目を隠す

Порожнє
Гніздо лелеки
Задимлені шляхи

誰もいない
コウノトリの巣
煙の道

Безбарвне обличчя
Змерзлої жінки
Тремтить горизонт

凍える女の
色のない顔
地平線が震える

Крізь мжицю
Побачила зірки
Самотня жінка з Бучі
ブチャの虐殺

霧雨の中
星に気付いた
独り身のブチャの女

Кохання пошепки
Короткі ночі
Світломаскування

灯火管制
愛を囁く
短き夜

Загніздилися горихвістки
Під дахом
Безлюдної церкви

さびれた教会の
屋根の下に
シロビタイジョウビタキの巣造り

Поміж сирен
Дівоча посмішка
Розквітли маки

ミサイルのアラームの間
女の子の笑顔
ケシが咲いた

Вслухаюся
В шурхіт сніжинок
Поміж пострілів

砲撃の間
雪のざわめき
耳すます

Кілька днів до зими
Тиша
Примарні сирени

冬の数日前
沈黙や
ファントムサイレン

Котячі сліди
До змерзлої вирви
Зруйнована хата

破壊された民家
凍った爆裂火口に
猫の足跡

Ірина Мелешкіна　イリナ・メレシキナ

作者はキーウに住んでいる。作者の老いた両親はミコライウに住んでいる。この最前線の都市への絶え間ない砲撃にもかかわらず、彼らは避難に同意しなかった。８月、父親が急死。爆撃で燃える麦畑を通るミコライウへの旅、壊れた街の景色、そして個人的な悲しみが作者の俳句のテーマになっている。

Старі фотокартки
Молодше за мене
Наснилась бабуся

古い写真
私より若い祖母を
夢に見る

戦争が始まったとき、多くの人が避難に行くときに先祖の写真を持ち出した。祖母たちの避難体験を思い出し、それは今日でもとても役に立った。

Наскрізні двори
Темних будинків
Порожні очниці

裏小道
眼窩のごとき窓
黒き家

裏小道というのは昔のキーウ市の特徴の一つで、19世紀の賃貸住宅の間にある絡み合い、相互接続された中庭。爆撃中、いくつかの窓が壊れ、作者はこれらの中庭から、窓を通じて暗い夜空を見る。

Виє сирена
У дворі
Собачий плач

サイレンの咆哮
中庭で
犬が鳴く

Вимите до Великодня
Вибите разом з рамою
Віконне скло

イースターに洗った
フレームと一緒に吹き飛ばされた
窓ガラス

Від сирени
До сирени
Горобина ніч

ミサイルのサイレンから
次のサイレンまでの
スズメの夜

「スズメの尻尾のように短い夜」という意味。古い伝統的な6月の短い夜の呼び方。

Окупація Кінбурну
Гірчить
Рожевий солончак

キンバーンの占領
苦くなった
ピンクの塩沼

キンバーン砂州は、ウクライナのミコライウ県にある黒海に遠く出る砂州。そこは独特な自然スポットで、野生動物や鳥の住まい、不思議な風景がある場所。今はロシア軍に占領され、キンブーンの自然は大きな被害を受けている。

Пожарище	大火
Розстріляно "Градом"	グラートで撃たれた
Пшеничне поле	小麦畑

BM-21グラートは、ソビエト連邦が1960年代初頭に開発した122mm自走多連装ロケット砲。ソビエト連邦軍及び現在のロシア軍が使用している。グラートには「雹」という意味がある。

Недальні вибухи	遠くない爆発
Беззвучно	音なしに落ちる
Падають каштани	トチノキの実

Друга дата	初めての
Вперше – холод	命日
Татової руки	父の手の冷たさ

Путівці	田舎道
Все біжить за машиною	すべてが車を追いかける
Цвинтарний пес	墓地の犬

Ягода пасліну	イヌホオズキベリー
Чорна	黒い
Над Миколаєвом ніч	ミコライウの夜

黒いイヌホオズキベリーには毒がある。それと同じく、ミコライウ市はロシア軍のために致命的な乗り越えられない障害になった。

Оксана Красіч　オクサナ・クラシッチ

作者は、クリミア国境から遠くない、海に近いヘルソン地方の小町に住んでいる。戦争が始まったすぐあと、作者の町は占領された。逃げる時間がなかったので、作者は占領下にある。町の中心にある彼女の小さな家は、大きな草が生えた庭に囲まれ、誰も住んでいない場所にある。そこで作者はロシアの侵略者から身を隠し、ウクライナの軍隊が戻るときを待ちながら、悲しみのなか興味深い経験や貴重な観察を表現する。

Безсилля
Зимового моря
Відтінки чорного

冬の海の
無力さ
黒の色合い

І спиною до вітру
Вітер
В обличчя

背中に風でも
顔に吹く
風

Посивіла
Остання
Сосна за її вікном

窓の外
最後の松は
灰色になる

Не захищене небо
Скрип гойдалки
Без дітей

見捨てられた空
子供なしの
ブランコの鳴き声

戦争が始まったとき、ウクライナは西側諸国に空から飛来するミサイルからの防衛を頼んだ。しかし、西側からの防衛はなく、多くのウクライナ人が亡くなった。

Кола вітру
Посохле листя
Порожніх вулиць

風の渦
空き通りの
枯れた葉っぱ

Мокрий дим
Без вітру
Дихати

湿った煙や
無風で
息づく

Куди йду
Куди трава
Вгадую вітер

どこに向かい
草とともに
風を追う

Перша зозуля
Із диму
Сосни

最初のカッコウ
煙から
松の木

Блокадне літо
Із запахом монпансьє
Шампунь

封鎖の夏
シャンプーは
トローチの香り

ロシア軍が来て、美味しい食べ物はなくなり、戦争の前の甘い香りのシャンプーしか楽しめない。

Довгі погляди
Голодних собак
Зарослі пляжі

飢え狗の
じっと見つむる
草の浜

Російські прапори
Вздовж вулиці
Іде фазан

ロシアの旗
通り沿い
キジ歩き

Чужий інтернет
На мізинці
Червоніє комар

他人のインターネット
小指の
蚊が赤くなる

占領地では、ロシア軍人はウクライナのインターネットとモバイル通信を消して、ロシアのオペレーターに切り替え、市民の会話やメールをチェックする。

Трави аеродрому
Кидають тіні
Інші крила

飛行場の草
影を落とす
別の翼

Сто метрів до моря
Як до Оріону
Дістати

海まで百メートル
オリオン座に
触れるように

ロシア人は占領された都市に夜間外出禁止令を設定した。作者の家は海にとても近いが、夕方になると行けなくなる。

Скошені погляди
Фланують між бліндажами
Годувальники котів

斜めに見る
塹壕の間を散歩する
猫にえさやり

ロシア軍は町の海岸に塹壕を造る。辺りに地元の住民が猫にエサをやるため歩き回る。同時に、ある住民は密かに塹壕の写真を撮り、その情報をウクライナ軍に送る。

Підрізають дерева
Щодвадцять метрів
Бліндажі

木を剪定
二十メートルごとに
塹壕

Сутінковий берег
Гупають
Кроки серце

闇夜の海岸
心に刻む
ステップの鼓動

Жовта стрічка
Листя з вишні
Не мету

黄色いリボン
桜の葉を
掃かない

黄色いリボンは地元のレジスタンス運動のシンボル。彼らは、ロシアの侵略者に対する反抗を見せるため、公共の場所に黄色いリボンを掛ける。俳句の場合、桜の黄色い落ち葉がこの黄色いリボンのように見えて、作者はこの落ち葉をできるだけ長く持っていたい。

Слизький тротуар
Ледь розминаються
Калашиіков та багет

滑りやすい歩道
かろうじて擦れ違う
カラシニコフとバゲット

蕪村の「春雨やものがたりゆく簑と傘」に思い出す句。

Гіркота
Нерухомі тіні
Сиваський полин

苦味に
動かない影
腐海のヨモギ

З північного сходу
Розбилась
Об гілку сніжинка

北東から
雪の結晶
枝にあたって散らばる

ロシアの方から来るという意味。

Грудневе небо
Туш
Чекання

師走の
空と墨線
じっと待つ

12月には、霧の多い天候と緑の不足により、ウクライナの自然は白黒に見え、空を背景にした木の枝は墨の線のようにぼやける。さらに、作者は腕のいい書道家で、それはウクライナ軍の帰りを平静に待つためとても役に立つ。

Сергій Белінський　セルヒイ・ベリンスキ

作者は、ヘルソンの近くで戦った軍事旅団報道官です。キャプテンとして2014年から第一戦線で活躍。写真家でありアーティストでもある作者は、世界の美しさを繊細に感じ、破壊の中にさえそれを見出した。最近俳句を詠むようになった。

Безхатьки **Корови** **Очі сумні**	戦場に 家なき牛の 哀しき目
Шкло у кросівках **Розчахнуте небо** **Стель**	スニーカーの中にガラス 天井に開けた 空

Бахмут　バフムート

Гасить відлуння **Стоїть у тумані** **Місто**	響きが消え 霧に覆われる 都市

今、バフムートの周辺では特に戦いが激しい。

Спиною до дубу **Проштрикує сніг** **Трава**	オークにもたれ 雪中から抜く 草の先
Самохідна гармата **Біла пара** **З вуст**	自走砲 口から上がる 白い息

Тетяна Авдєєва-Елліс　テチアナ・アウジェエワーエッリス

2月23日の遅い夜、戦争が始まる数時間前に、作者はキーウからロンドンにいる夫の元へ出発した。作者は飛行機中で戦争の始まりについて知った。キーウでは、生まれたばかりの孫、娘と姉が残っていた。長い避難放浪の後、娘は子どもと一緒にポーランドまで逃れた。作者は芸術家であり、そのためか戦争、ロシアの恐怖政治に関するニュース、母国の荒廃を経験することにとても心労しており、それが作者の俳句や絵画に反映されている。

відліт 23.02.2022, за кілька годин до війни
2022年２月23日、戦争の数時間前に出発

Не злетять
Білі птахи
Чорний світанок

白き鳥
まだ飛び立たず
黒き夜明け

По чорному
Сліди
Затишшя

黒さに
足跡
静かさに

Дерево на перехресті
Усі молитви
До неба

交差点の木
すべての祈りは
天へ

Чужа земля
Маленька мушля
Теплий дім

異国の地
小さな貝殻
暖かい家

Обидві бабусі
Чекають перемогу
Сестра і кіт

二人のお祖母ちゃん
勝利を待っている
姉と猫

Гарячі сльози
У зморшках бабусі
Рятуються діти

熱い涙
祖母の皺に
子どもが隠れる

Град
Не закритого неба
Відкриті очі

グラート
見殺し天の
開いた目

Зелене	緑と
Серце червоне	赤い心
Херсон	ヘルソン

ウクライナ南部にあるヘルソン県は、スイカで有名。戦争の始めにこの地方はロシア軍に占領され、2022年11月11日に解放されました。ヘルソンのスイカは不屈の精神と占領地の解放のシンボルとなっている。

Лідія Колесниченко　リディア・コレスニチェンコ

作者は86歳。作者はキーウ郊外のイルピンにある19世紀の先祖伝来の木造家屋で家族と暮らしている。キーウへの攻撃の間、イルピンは激しい戦闘と恐ろしい砲撃の場となった。作者と家族は古い地下室に隠れていた。そのとき、第二次世界大戦中の子どもの頃に両親と一緒にその地下室に隠れ、今と同じように感じていたことを思い出した。その後、猫と犬2匹を連れてロシア軍に侵略されていた街を徒歩で抜け出し、キーウの友人のアパートに移住。イルピンが解放された後、イルピンの生家に戻った。

Дві війни
Ті ж страхи
Старий захищає погріб

２つの戦争
同じ恐怖
古い地下室が守る

Між сиренами
Та укриттям
Квіт абрикосу

サイレンと
地下壕の間に
梅の花

міст через ріку Ірпінь був зруйнований російськими військами
ロシア軍に爆破されたイルピン川の橋

Утікаємо до життя
Хистка кладка
Через ріку

命に流れ
川渡りの
不安定な釣り橋

Ідем у осінь
Війна
На плечах

秋に行き
戦争が
肩に

Міна у траві
Пробираємось
Стороною

草むらに地雷
迂回して
遠回り

Вистояла хата
Помальовані блакитним
Нові вікна

家は無事
青く塗った
新しい窓

Солдатський наплічник
Дитячий малюнок
Ведмедик

軍人のリュック
子どもが描いた
熊さん

Весілля у дворі
Скрипка
Завтра на передову

中庭の結婚式
バイオリン
明日は最前線へ

Розстріляний явір
Молодий пагін
З коріння

撃たれたシカモア
根元から
若い芽

Марина Радовелюк　マリーナ・ラドヴェリューク

作者は茶道家。砲撃のため、作者はドイツに向けて出発した。異国での生活の悲しさ、ウクライナに残った人びとへの気遣い、美しさに対する繊細な理解、出来事に対するグローバルな視点が、彼女の俳句の特徴だ。

Темний ранок
Натоплено потяг
Диханням

暗い朝
息で
列車を温め

Далекі голоси
Заколисала
Мотанка

遠い声
モタンカと共に
揺れながら眠る

モタンカとは布と糸から作った顔がないウクライナの民族人形。伝統的に、母は娘のためその人形を作る。この人形は祖先とのつながりを示すお守りである。

Без коріння
Яблуні
Чужинний туман

根を張れぬ
林檎やここは
異国の霧

Чи є хто?
Цвинтарні стрічки
Тополі

誰かいますか
ポプラの
墓場リボン

ウクライナのキリスト教伝来前から残った習慣。木にリボンや紙くずをつけ、地元の神様や墓場の聖霊に祈る。

Вкотре
Журавлі пролітають
Над нескошеними

また
鶴が飛び交う
刈られていない畑の上

チェルノブイリに捧げられた本『脱穀されていない草の上のツルの飛行』への言及。再発する災害、戦争のせいで収穫されなかった草、そして同時に未切断のウクライナ人についての話。

ігри дітей на покинутих танках
捨てられた戦車での子供遊びについて

Літня зелень
Іржа хакі
Піжмурки

夏緑
カーキ色の錆に
かくれんぼ

Потемки
Зупинився
Чумацький шлях

闇に
止まった
天の川

Важкі жита	重いライ麦
Польові співи	フィールドソングが
Розсіяні	散らばっている

この軍の夏は収穫が非常に困難だった。すべてを保存することはできなかった。一部の畑はロシアの砲弾で焼かれ、一部はロシアが穀物を盗む占領地にある。

Олена Горбик　オレーナ・ゴルビク

キーウへの攻撃のとき、作者は母親と猫と一緒に、混んでいる列車に乗って、イタリアの親戚へ行った。昔からイタリアが大好きで、作者はいつかそこに引っ越そうと思っていた。しかし母国で戦争が始まったとき、作者はイタリアが異国であると感じ、キーウが解放されるとすぐに作者は家に帰った。

Нитки долі довгі
Від вибуху до вибуху
Хвилини

運命の赤い長糸
爆発から爆発までの
数分間

Квіти на вікні
В покинутому домі
Лишила

放棄された家で
花が窓のそばに
置かれている

евакуаційний потяг　避難の列車

Скотч на склі
Розмитим бачу
Місто, з якого тікаю

ガラスにセロテープ
逃げる町が
ぼやけて見える

爆発で割れるのを防ぐため、窓にセロテープを貼る。

Приголомшені
Німують поруч
Коти й собаки

唖然とする
そばで黙る
猫と犬

Не переслухаєш...
Вагон везе в ніч
Історії горя

聞き終わりなく
車両は夜へ
悲しみのストーリー

Дитинко...
Коли забудеш
Цей потяг на чужину?

子どもよ、
その異国への列車を
いつ忘れるか

Іграшка тікає
З дому
Якого нема

オモチャが逃げる
存在しない
家から

В екзилі-евакуації　避難のとき

Краплі прозорі
Чужого неба
Перечекаю

他の空
透明な滴
終わり待つ

З лютого повернулась
Хрупкість світу
Раптова

如月から戻り
突然の
脆き世界

про блекаут 23.11.2022 2022年11月23日の停電について

Кроки ліхтарика
Ковзає містом
Ніч

電灯のステップ
町で滑る
夜の中

Чорний сніг
Ковдра цієї ночі
Не має кінця

黒い雪
終わりなき
この夜の毛布

дідусеве радіо お祖父ちゃんのラジオ

Торкаю минуле
Шукаю новини
Намарно

過去に触れて
無駄に
ニュース探し

Ольга Андропова　オリガ・アンドロポワ

戦争が始まったとき、作者はホストメリの近くにある田舎の家にいた。アントノフ空港の戦いは非常に接近しており、その地域は物資を遮断されたままだった。食糧と燃料はすぐになくなったが、近所の人が助けてくれた。結局、家族はキーウに戻ることができなかった。すぐに、作者は姪と一緒にドイツに行き、現在はボランティアとして他のウクライナ難民を助けている。

Розриви **Земля та небо** **Тримаю тебе міцно**	爆発 大地と空 君を強く抱く
Під вікнами спалахи **Свої чи чужі** **Тіні Гостомеля**	窓に閃光 自分か他人の ホストメリの影

2022年2月の開戦時、ロシア軍がキーウに侵攻した際、ホストメリ空港周辺で何度も激しい戦闘が繰り広げられた。

Повернувся додому **Лютий** **Вітер гортає фото**	家に帰った 激しい如月 風は写真をめくる
Фотоплівка **Проявилася білими плямами** **Міграція птахів**	写真フィルム 白い斑点で現像した 渡り鳥
Давка **У потягу довгий погляд** **Чужого кота**	群衆 列車で知らない猫の 長い眼差し
Волонтери **Нескінчене** **Намисто з мушель**	ボランティア 終わりなき 貝殻のネックレス
Вітер **Розпалює полум'я** **Військова осінь**	風 火を灯す 戦時の秋
Сьогодні тиша **Світло впіймав** **Новий ранок**	今日の静寂 光を掴んだ 新しい朝

ウクライナ・ブックレット刊行に際して

ロシア発祥の地、ウクライナ。まさにスラヴの母というべき存在。その首都・キーウはまさにスラヴのヘソである。

日本でロシア文化と思われているものの中には、ウクライナのものが多い。身近なところで言えば、料理。ボルシチはロシア料理として日本で知られているが、実はウクライナ料理。日本の家庭でよく作られているロールキャベツ。これもウクライナ料理である。

ロシア文学として日本で紹介されているゴーゴリもウクライナ出身であり、ウクライナ文化を知らないとその内容を充分理解したとは言えない。

このように、ウクライナはスラヴの母的存在であるものの、日本では一般にロシアとごっちゃになっている。それどころか、ロシアの中の一部として捉えられている。これはまだよい方で、ウクライナという国さえ知らない人が日本には多い。

翻ってウクライナに目をやると、日本や日本語に興味を持っている人、憧れている人、勉強・研究している人……とその数のなんと多いことか。

このギャップを埋めるために、ウクライナ・ブックレットは刊行される運びとなった。一人でも多くの人にウクライナを知っていただきたい。その一念である。

日本ウクライナ文化交流協会

ウクライナ・ブックレット 各定価（本体500円＋税）

1 ウクライナ丸かじり　小野元裕著
2 クリミア問題徹底解明　中津孝司著
3 マイダン革命はなぜ起こったか　岡部芳彦著
4 ウクライナの心　中澤英彦／インナ・ガジェンコ編訳
5 ウクライナ避難民とコミュニケーションをとるためのウクライナ語会話集　ミグダリスカ・ビクトリア／ミグダリスキー・ウラディーミル／稲川ジュリア潤著

ウクライナ・ブックレット 6

紅色の陽 Малинове сонце
キーウ俳句クラブ・ウクライナ戦争中の俳句

発行日	2023年2月24日初版第一刷ⓒ
編訳者	ガリーナ・シェフツォバ（Галина Шевцова）
校閲	日野貴夫（天理大学）／河津雅人（スラブ世界研究所） 冨永麻友美（ドニエプル出版）
企画・編集	日本ウクライナ文化交流協会
発行者	小野元裕
発行所	株式会社ドニエプル出版 〒581-0013 大阪府八尾市山本町南6-2-29 TEL072-926-5134　FAX072-921-6893
発売所	株式会社新風書房 〒543-0021 大阪市天王寺区東高津町5-17 TEL06-6768-4600　FAX06-6768-4354
印刷所	株式会社新聞印刷
製本所	有限会社アイエム出版社

ISBN978-4-88269-928-6